Andreas Sebastian Stumpf

Topographie des fürstlichwürzburgischen Amtes Bischofsheim an der Rhön

Andreas Sebastian Stumpf

Topographie des fürstlichwürzburgischen Amtes Bischofsheim an der Rhön

ISBN/EAN: 9783742875709

Hergestellt in Europa, USA, Kanada, Australien, Japan

Cover: Foto ©Andreas Hilbeck / pixelio.de

Manufactured and distributed by brebook publishing software (www.brebook.com)

Andreas Sebastian Stumpf

Topographie des fürstlichwürzburgischen Amtes Bischofsheim an der Rhön

Topographie
des
fürstlich-würzburgischen Amtes
Bischofsheim
an der Rhöne.

Von
Sebastian Stumpf.

Würzburg,
gedruckt bey David Christian Blank 1796.

Borerrinnerung.

Bis wir eine historischstatistische Beschreibung unsers Vaterlandes erhalten, wird auch der kleinste Beitrag nicht unwehrt seyn. Vielleicht nimmt ihn der Patriot mit Vergnügen in die Hand, und wenn er ihn, ohne ganz befriedigt zu seyn, hinweg legt, so muß ich zu meiner Entschuldigung angeben, daß die Quelle, aus der ich schöpfte, viel zu dürftig war, als daß ich strengen Forderungen Genüge hätte leisten können. Ich wünsche, viele vernünftige Urtheile über diese und ähnliche Arbeit zu vernehmen, um bei künftigen Versuchen den Erwartungen der Leser mehr zu entsprechen. —

Gränzen des Amtes.

Das fürstliche Amt Bischofsheim gränzet gegen Norden an die Herrschaft Gersfeld, an die Universitäts-Vogtei Wüstensachsen, und an das fürstliche Amt Fladungen: gegen Osten an das Klosteramt Wechterswinkel, und an das fürstliche Amt Neustadt an der Saale: gegen Süden an das fürstliche Amt Aschach, und endlich gegen Westen an das Stift Fulda, namentlich an die Vogteien Weyers, Motten und Römershaag.

Von der Stadt Bischofsheim als dem Sitze der Amtleute hat man 6 Stunde nach Fuld, 8 nach Meinungen über Ostheim, 4 nach Neustadt an der Saale, 20 nach Würzburg. Ungeachtet die Weege in der Gegend äußerst schlecht sind, so gehen doch viele Fuhrleute aus Obersachsen mit schwerer Fracht vorbei, über Gersfeld nach Frankfurt, und zurücke. Hätte man nach dem 1781 von der herzogl. Regierung zu Eisenach gemachten Vorschlage eine Straße zu bauen angefangen, so wäre ein großer Theil der Frachten von der Frankfurter Messe hierdurch nach Sachsen gegangen; der Nahrungsstand hätte in der

Gegend viel gewonnen, und diese selbst wäre lebhafter und freundlicher geworden. Der Baron von Weyers zu Gersfeld hatte sich damals anheischig gemacht, so weit sein Gebiet reicht, eine dauerhafte Straße zu bauen, und sein Versuch fiel vortheilhaft aus.

Klima des Amtes. Wälder und Berge.

Die vielen Waldungen und das fortlaufende Kettengebirge die Rhöne genannt, machen das Klima rauh und unfreundlich. Unter diesen Wäldern verdient der Salzforst bemerkt zu werden. Er ist ein Theil jenes großen Waldes, der sich einstens weit in die beiden Gauen, das Grabfeld und den Saalgau erstreckte, und bis auf Otto III. als eine Reichs-Domaine von den Gaugrafen, welche dafür den dritten Theil der Nutzung an Holz und Wildpret genoßen, samt den andern dort gelegenen Reichsgütern verwaltet wurde. Um 1000 kam ein großer Theil dieser Güter durch Otto's Freigebigkeit, und mit denselben der Salzforst an das Hochstift. Die Grafen von Henneberg trugen von dieser Zeit an das Forstamt als hochstiftisches Lehen, und hatten es den Herrn von Windeheim, welche Voyte oder Vögte zu Salzburg waren, als Afterlehen gegeben; nachdem aber der gräflich-hennebergische Stamm abgestorben war, fiel das Lehen dem Hochstifte heim, das sich mit den Afterlehenleuten der Nutzungen wegen im Salzforste verglich.* Die sämtlichen neustadter und

---

* Schultes Diplomat. Geschichte von Henneberg.

aschacher Forste sind gleichfalls einzelne Theile des Forstes, der einstens seinen kaiserl. Besitzern zum Lustaufenthalte und Vergnügen diente.* Die Strecke Waldung, welche nun der Kammerforst heißt, und ein Eigenthum der Stadt Bischofsheim und der benachbarten Dorfschaften ist, schon vor vielen Jahren der Zankapfel unter ihnen war ohne Zweifel ein Theil des Salzforstes, und in der Folge an die jetzigen Theilnehmer verkauft oder vererbt worden.

Im Winter ist das Gebirge oft fast ganz unweegsam, im Frühlinge und Herbste beinahe täglich in Nebel gehüllet. Im Junius sieht man gewöhnlich noch die Reste des Schnees in den Winkeln und Höhlungen mit schwarzer Kruste überzogen. Der Wanderer müßte sich auf der Gebirgsfläche verirren, wenn man nicht die verschiedenen Weege mit Pflöcken und Weegezeigern sicher gemacht hätte.

Die Moore auf dem Gebirge. Das rothe Moor.

Das Klima noch mehr zu verschlimmern, tragen die Moore vieles bei. Nur das eine davon, welches man von dem röthlichen Moose, das darauf häufig wächst, das rothe Moor heiset, liegt innerhalb der Centgränze des Amtes. Die ganze Fläche, deren Morgenzahl mir nicht bekannt ist, ist mit röthlichem Moose überwachsen; man kann bei trockener Jahres-

---
* Eckard von dem Pallaste Salz bei Salzburg.

zeit sich ohne Gefahr darüber wagen. Hie und da gegen die Mitte zu trift man unbewachsene Stellen an, deren Grund schon viele Leute, welche den Versuch mit großen Stangen, oder mit einem Senkblei machten, nicht erreichen konnten. Die Trunkelbeere, von den Leuten die Moor- auch Tollbeere genannt, wächst häufig hier. Das trockene Moos wird aus Mangel hinlänglichen Strohes zum Streuen in den Ställen gebraucht.

Ehemals stand zunächst an diesem Moore ein Dorf, an dessen Baustätte man noch eine alte ausgedörrte Linde sieht, welche auch die Moorlinde heißet. Die Dorfsbewohner waren Vogteiunterthanen des Ritters von Ebersberg genannt von Weyers, aber Centunterthanen des Hochstiftes. Den 13. Sept. 1576 waren 16 Männer allda, welche in Gegenwart ihres Junkers Bernhard zu Bischofsheim den Centeid ablegten.

Nach den Volkssagen in der Gegend ist das Dorf samt allen Einwohnern versunken: an der Stelle, wo es ehemals stand, wollen viele Leute noch die Geister der Unglücklichen in körperlichen Gestalten herumspucken gesehen haben. Diese Schreckbilder ihrer Phantasie heißen sie die Moorjungfern. Die wahre Geschichte ist aber diese: Zur Zeit des dreißigjährigen Krieges, der auch unser Vaterland so sehr entvölkerte, wie das übrige Teutschland, verließen die Nachbarn ihr Dorf, und zogen um größerer

Sicherheit willen in die benachbarten mehr bewohnten Dörfer; nach dem Verlaufe der gefährlichen Zeitläufte wollte der Junker sein Dorf wieder besetzt haben: die Leute hatten sich bereits angekauft, waren schon eines mildern Klima, als dessen auf dem Gebirge, gewöhnt, und brachten durch die Vermittelung des Beamten zu Bischofsheim bey ihrer Vogteiherrschaft es dahin, daß auf die Wiederbesetzung des Dorfes nicht mehr gedrungen wurde. (Beilage Nro. I.) Seither besitzen die Nachbarn zu Weisbach, Sondernau, Ginolfs, Waldbehrungen, Urspringen; – auch zu Bischofsheim und Frankenheim einzelne Theile von den Gütern der ehemaligen Moorbewohner.

Die beiden Moore, davon das andere, welches gegen Südwest zwischen Wüstensachsen und Fladungen liegt, das schwarze Moor genennt wird*, hätten

---

* Dieses Moor, welches man bei trockenen Jahren begeben kann, wie das rothe Moor, und eben, wie dieses, auch beinahe unerreichbare Tiefen hat, mag 300 Morgen Felds umfassen. In den vorigen Zeiten machte hier die fürstliche Kammer den Versuch, Torf zu graben, den man auch in Menge fand. Jetzt, da auch in dieser Gegend der Preis des Holzes gestiegen ist, möchte ein solches Unternehmen ersprießlicher seyn, als es ehemals seyn konnte. Die Nachbarn zu Rüdenschwinden am Fuße des Gebirges sollen um das Uebel eines Ausbruchs des schwarzen Moores, den sie befürchten, abzuwenden, alle Freytage noch jetzt eine Bethstunde halten.

meiner Meinung nach schon längst eine gründliche Untersuchung verdient. Ich glaube, das Gebirge habe tief unten eine Lage von Thon oder fettem Leime, welche das durch den Regen und die Auflösung des Schnees eindringende Wasser nicht durchfließen läßt. Wenigstens giebt das meiner Meinung Wahrscheinlichkeit, daß am Fuße des Gebirges nahe an beiden Mooren verschiedene Bäche ihren Ursprung haben, wie die Olster, welche ober Wüstensachsen entstehet; das Wasser bricht nämlich durch die Seitenwände des Gebirges.

Wäre es möglich, die beiden Moore abzuleiten, wie ich nicht zweifle, so würde man dadurch viele hundert Morgen, wenn auch nur Hutplätze gewinnen, und selbst das Klima merklich verbessern.

Versuche über die Gebirgs-Produkte, und deren Veredlung.

1) Eisenhammer auf dem Holzberge.

Das Gebirge wurde schon in den vorigen Jahrhunderten untersucht, und man fand Eisensteine, Stein- und Pechkohlen. -- --

Schon 1567 hatte man einen Eisenhammer auf dem Holzberge, und noch vorher eben daselbst zwei Glashütten, welche der adeliche Besitzer hatte errichten lassen. Dieser Holzberg hatte ehemals den Herrn von Thüngen gehört: von diesen kaufte ihn der Herr von Forstmeister, endlich kam derselbe durch eine Heirath an den Herrn von Gebsattel zu Lebenhahn. Auf welche Art dieses Gut dem Hochstifte, dessen Lehen es war, wieder zufiel, kann ich nicht angeben.

2) Ofengießerei bei Bischofsheim.

1595 unter der Regierung des Fürstbischofes Julius errichtete ein Ausländer Barthel Thurmann vor dem Städtchen einen neuen Gießofen. Man hat daselbst noch Platten aus dieser Gießerei, welche jedoch kein Gedeihen hatte. Thurmann machte viele Schulden und lief davon. 1599 übernahmen einige Bürger den Bestand des Eisenhüttenwerkes samt den vorhandenen Geräthschaften, und machten sich zugleich anheischig, die Schulden des entwichenen Ofengießers, die sehr beträchtlich waren, zu bezahlen. Aber auch diese Männer konnten den gänzlichen Verfall der übernommenen Gießerei nicht hindern. Da, wo sonst der Eisenhammer und der Gießofe standen, ist jetzt eine Mahlmühle, welche man die Hammermühle nennt.

3) Glashütte im Sinngrunde.

Schon vor 1702 war eine Glashütte im Sinngrunde, welche auf herrschaftliche Kosten betrieben wurde. Der Anlaß dazu mag die Menge des Holzes im Salzforste gewesen seyn, welche unbenutzt verfaulte, weil das Holz damals in äußerst geringem Werthe war. In dem oben angemerkten Jahre bot sich der gewesene Glashüttenmeister an, die durch Wind und Wetter niedergerissene Glashütte nebst einigen Morgen Oedungen von der fürstlichen Kämmer in Bestand zu nehmen, und einen Bauernhof daraus zu machen. Erst um 1730 kam das Hüttenwerk wieder empor: die Glasmacher schloßen immer von Zeit zu Zeit wegen Ablieferung des Holzes neue Accorde mit der Hofkammer, bis endlich 1789 der letzte fünfzehnjährige Bestand zu Ende gieng, und mit ihm das Glasmachen aufhörte.

4) Stahlhütte bei Oberbach.

1752 suchte ein Sachse Linzer aus Suhl gebürtig bei dem Fürsten um die Erlaubniß an, sich im Hochstifte nieder zu lassen: er habe, sagte er, um mit seinem Gesuche desto eher Eingang zu finden, sein ganzes Vermögen durch Feuer verloren, und wolle nun aus sicherer Ueberzeugung samt seiner Haushaltung katholisch werden: er könne sich durch die Verfertigung des Stahls, weissen Kupfers und Tombacks hinlänglich ernähren.

Der Fürst wies den angeblich unglücklichen Mann in das Amt Bischofsheim, weil dort das Holz, welches er zu seiner Arbeit nöthig habe, wohlfeil sei. Linzer ließ sich bei Oberbach nieder: die Ortsgemeinde beschwerte sich über diesen neuen Kolonisten, der nun eine Stahlhütte aufbauen wollte: allein ihrer Einwendungen und Klagen ungeachtet wurde mit dem Baue der Anfang gemacht; so weit sollte es nach dem Sinne der Oberbacher nicht kommen, sie erlaubten sich daher, mit Gewalt den Hüttenbau zu hindern: dieses ungesetzliche Verfahren veranlaßte, daß die Anführer und Urheber der Widersetzlichkeit von Husaren in das Zuchthaus abgeholt wurden: der Hüttenbau wurde dann feierlich in Gegenwart des Beamten und einiger Mannschaft vom Landausschusse angefangen, und Linzer in seine neue Werkstätte eingeführet. Neun Jahre nachher machte sich dieser Betrüger bey Nacht und Nebel davon, und hinterließ --- Schulden.

5) **Kohlenbergwerk auf dem Bauersberg.**

1752 berichtete der damalige Beamte, daß man in seinem Amtsbezirke, namentlich auf dem sogenannten Bauersberge Steinkohlen gefunden habe. Das auf diesen amtlichen Bericht erfolgte Belobungs-Rescript zeigte deutlich, mit welcher lebhaften Freude man jene Nachricht aufnahm, und wie begierig man war, selbst die Schichten des Gebirges zu durchwühlen, um dessen Erzeugnisse hervor zu bringen und zu veredeln. 1764 wurde mit einem Bergmanne der Accord gemacht, daß auf dem Kohlenplatze so tief hinunter gegraben werden sollte, als die Holz- und Steinkohlen sich vorfinden würden. Um dieses Geschäft desto eiliger zu befördern, kaufte und unterhielt die Kofkammer selbst die dazu nöthigen Geräthschaften. Lange dauerten aber die Arbeiten nicht fort: man fand, daß es sich nicht des Kostenaufwandes lohne, und ließ nach einigen Jahren, nachdem man schon allerlei kostspielige Versuche gemacht hatte, davon ab *.

6) **Eisenschmelze und Hüttenwerk bei Oberbach.**

Um die nämliche Zeit machten einige Bergleute den Beamten aufmerksam, sie hätten bei ihren Arbeiten in den von den fuldaischen Eisenschmelzpachtern auf Nothenreiner Markung errichteten Schachten gefunden, daß das Gebirge jener Gegend eine Menge ergiebiger Eisensteine enthalte: freilich sei das erlangte Eisen mehr Guß- als Schmiedeisen, allein es könne durch den Zusatz eines fließendern Steines auch dazu bearbeitet werden.

Der fuldische Eisenschmelzpachter kam nachher, und bestättigte nicht nur dieses durch die Erzählung seiner Versuche, sondern bemerkte auch noch, daß man aus den Steinen der einen Gegend Plattöfen und Förmerwaare gießen, aus den andern auch Schmiedeisen erhalten könne: man werde vermöge seiner Erfahrungen auch Stein- und Pechkohlen in Menge vorfinden, womit den an Holz Mangel leidenden Ortschaften des Hochstiftes eine wichtige Beihilfe geschehen könne: er wolle auch das Kissinger

---

* Das Holz war sowohl in der Gegend, als auch damals noch im ganzen Lande in mäßigem Wehrte: man führte die Kohlen nach Schweinfurt, um sie im Auslande abzusetzen: dem ungeachtet kam kein Vortheil heraus.

Salzwerk in Bestand nehmen, und sich verbindlich machen, dasselbe halb mit Kohlen zu betreiben, die er aus den Gebirgen jener Gegend hervor bringen werde.

So glänzende und verführerische Aussichten veranlaßten endlich die fürstliche Hofkammer, daß sie mit vielen Kösten sogleich ein großes massives Faktoriehaus nebst den übrigen zu einem Eisenwerke gehörigen Gebäuden errichten ließ. Zuerst wurde die Anstalt auf Kammerrechnung betrieben; da hiebei mit der Zeit kein Vortheil heraus zu kommen schien, so wurde sie nachher in Bestand überlassen; und zuletzt, nachdem alle Hoffnung eines Gewinnstes verschwunden war, ganz aufgegeben. Von der Zeit der Verwaltung erzählt man sich in der Gegend viele eben nicht erbauliche Anekdoten, und man wundert sich dann nicht mehr über den Verfall einer Anstalt, die so schöne Aussichten geöffnet hatte.

1789 wurde das schöne Faktoriehaus samt den eingemauerten Oefen, der Eisenhammer samt den Rädern, und allen dazu gehörigen Gebäuden, Feldern und Wiesen, welche diesseits der Sinn auf der Seite von Oberbach liegen, dem Papiermüller Wilhelm Martin um 4000 Gulden verkauft. Dieser behielt die Wohnung des ehemaligen Faktors, verwendete den Eisenhammer zu einer Papiermühle, und hat jetzt gute Nahrung.

Das Thal, in welchem der Eisenhammer stand, und nun die Papiermühle stehet, ist im Frühlinge und Sommer romantisch schön: weil es in dieser Hinsicht dem ehemaligen Fürsten Adam Fridrich gefiel, so wurde es Neufridrichsthal, genannt.

7) Krugbäckerei bei Oberbach.

Ich komme nun an den letzten Versuch, den die fürstliche Hofkammer in dem Amte machte, um die Erzeugnisse der Rhöne zu veredeln, den einzigen, der nicht ganz verunglückte. 1769 nahm sie drei kuhrtrierische Unterthanen und Krugbäcker an, und überließ ihnen die vorher auf herrschaftliche Kösten betriebene Krugbäckerei bei Oberbach samt den dazu gehörigen Gebäuden, dazu angewiesenen Artfeldern, Wiesen und Hutplätzen. Wie lange vor diesem Jahre die Anstalt schon bestanden hatte, weiß ich nicht. Die neuen Beständner mußten sich anheischig machen, den Kurbrunnen zu Bocklet hinreichend mit Krügen zu versehen; die Hofkammer behielt sich die Pochmühle vor, läßt aber die Krugbäcker gegen einen alljährlichen Zins sich derselben bedienen. Die Beständner hatten die billigsten Bedingnisse, und wurden seither immer, wenn die Noth es erforderte, unterstützt.

Die Erde zu den Krügen wird auf der Markung von Obernhausen im Gebiete des Freiherrn von Ebersberg genannt Weyers zu Gerofeld gegraben: damit nun von dieser Seite kein Hinderniß geschehen möchte, hat die fürstliche Kammer für die Krugbäcker einen Vertrag mit dem adelichen Gutsbesitzer geschlossen, und alle Verbindlichkeit auf sich genommen.

So bestehet nun diese Anstalt noch, da man alle andere unter die Alterthümer im Amte zählen muß.

Zahl und Eintheilung der Amtsortschaften.

Das Amt enthält nebst der Stadt, worinn die Wohnungen für die beiden, den adelichen und verrechnenden Beamten sind, noch fünfzehn Ortschaften von verschiedenem Umfange, und wird in das obere und untere Amt abgetheilet. Zu dem oberen Amte gehören, die Stadt Bischofsheim, die Dörfer Hasselbach, Frankenheim, Oberweissenbrunn, Oberbach, Reussendorf, Rothenrein, Silberhof und Wildflecken: zu dem untern: Burgwallbach, Killanshof, Schönau, Sondernau, Unterweissenbrunn, Wegfurt und Weisbach.

Geschichte des Amtes und seiner einzelnen Theile.

Wie dieses Amt oder dessen einzelne Theile an das Hochstift gekommen, darüber kann man, ohne das hochstiftische Archiv selbst an der Seite zu haben, nur wenige Nachrichten mittheilen.

Bischofsheim.

Konrad III. Dynaste von Trimberg übergab 1279 sein Schloß Trimberg samt der dahin gehörigen

Herrschaft dem Hochstifte, und starb im Kloster *.
Sein Sohn Konrad IV. forderte diese Güter von
dem Bischofe Mangold wieder zurück, ließ aber
von seiner Forderung nach, trat noch über dieß das
Schloß Arnstein, das ihm sein Vater zum Erbtheile
hinterlassen hatte, ab, und bekam dafür die Stadt
Bischofsheim mit allem Zubehör, nebst 100 Pfund
Heller jährlicher Einkünfte zum Leibgedinge so lange,
bis das Stift selbige mit 80 Mark Silber wieder
ablösen würde. 1376 starb mit Konraden dem
Jüngern der Mannsstamm der Trimbergischen
Familie aus, und die Stadt fiel an das Hochstift
zurücke. Die Herrn von Haun, von Weyers, und
von Rumrod hatten ehemals Freihöfe in der Stadt:
die letzteren verkauften den ihrigen 1599 an Würzburg.
Der Bursitz, wo jetzt die Kellerei steht, gehörte samt
der Kemmaten und dem dabei liegenden Garten
ehemals den Herrn von Forstmeister, und war von
ihnen auf die Herrn von Gebsattel gekommen, welche
ihn 1663 an die fürstliche Kammer verkauften.
Mehr sagt uns die vaterländische Geschichte von der
alten Geschichte der Stadt nicht. Zur Zeit des soge=
nannten Schwedenkrieges, und zwar 1632 wurde sie
mit dem Amte von dem Könige Gustav Adolph der
Wittwe und den Kindern eines seiner im Felde ge=
bliebenen Obristen, des Barons Adolph Dietrich
von Essern geschenket. (Beilage Nro II.) Der

---

* Schultes Dipl. Geschichte ꝛc.

Großvater der Kinder der Freiherr Hanns Wilhelm von Effern schwedischer Rath und Gouverneur von Würzburg nahm auch im Namen derselben Besitz (Beilage Nro III.) von dem Amte. Allein lange dauerte die freiherrliche Regierung nicht: mit dem Schicksale der königlichen Armee war auch jenes der neuen Gutsbesitzer entschieden.

Die Osterburg.

Nahe an der Stadt liegt ein Berg, die Osterburg genannt: hier war, wie Frieß uns berichtet, der Bischof Heinrich gebören, der 1202 gewählt wurde: seine Aeltern und Brüder, welche ansehnliche Besitzungen hatten, wohnten während seiner Regierung noch daselbst. Der Consens, den Heinrich einem Edelmanne Namen Iring gab, der an das Spital bei Bildhausen drei Huben zu Aw bei Cadelagshausen übergeben wollte, ist vom 1. Junius 1207 auf dieser Osterburg datiret. Der Bischof hielt sich also damals auf seiner väterlichen Burg auf: er ist eben der, den man nur Käs und Brod nannte, weil er äußerst mäßig lebte, und ein eingeschränktes Hofweesen unterhielt. Man sieht noch einige Ruinen der Burg auf der Höhe des Berges.

Der Kreuzberg.

In einiger Entfernung davon auf einem steilen Berggipfel liegt auch das Kloster und die berühmte Wallfahrt, unter dem Namen des Kreuzberges bekannt; 24 Franciskaner-Mönche leben dabei, welche das heilige Almosen der Wallfahrter unterhält. Den Winter hindurch leben zwei Mönche mit einem Bruder unten in der Stadt: sie bewohnen hier ein Haus, welches man das Klösterlein nennet, und leisten dem Stadtpfarrer, der zur Seelsorge der Stadt einen eigenen Kaplan hat, Hülfe: die übrigen Mönche bleiben im Kloster, das vom Schnee ganz zugedeckt wird, sind aber dem ungeachtet keiner Gefahr ausgesetzt, sondern leben ruhig in ihren Zellen. Nebst dem dem Klostergebäude ist auf dem Kreuzberge noch ein fürstliches Jägerhaus, und ein Wirthshaus. Hinter diesem Berge entspringt die Sinn, welche sich, nachdem sie vorher mehrere kleine Bäche aufgenommen hat, endlich in die Saale ergießt.

Burgwallbach

hat eine eigne Pfarrei, gehörte ehemahls der altadelichen Familie von Bibra. Nach dem Absterben Heinrichs von Bibra, 1602, fielen verschiedene Lehnstücke, mit ihnen ein Theil von Burgwallbach dem Hochstifte heim. Wahrscheinlich durch Tausch kam auch der übrige Theil hinzu. Zur Zeit der adelichen Herrschaft hatte der Ort seine eigene Cent, und Vogtei. 1602 aber wurde die Centgerichtsbarkeit, und 1686 auch die Vogteilichkeit an das Amt Bischofsheim gewiesen. Der bisherige Vogt, welcher zugleich auch Forstmeister des Amtes Neustadt gewesen, war gestorben, und das Forstamt einzeln dem Christoph von Buttlar übertragen worden. Seitdem wohnten die jedesmaligen Forstmeister, oder wie man sie in der Folge nannte, Oberforstmeister der Neustädter und benachbarten Forste in dem ehemals bibraischen Schloße zu Burgwallbach.

Dieses Schloß ist in den neuesten Zeiten, weil es zur Unterhaltung vielen Aufwand kostete, eingerissen: aus den noch brauchbaren Steinen baute man dem fürstlichen Wildmeister eine Wohnung. Heinrich von Bibra hatte es erbauen lassen. Im obern Saale desselben waren an der Wand folgende Verse eingehauen:

> Als ein tausend fünfhundert Jahr
> Fünf und zwanzig die Jahr Zahl war,
> Ist dieses Schloß ganz ausgebrennt,
> Durch die bewrisch Aufruhr behent,
> Aber der edel und ehrenvest
> Heinrich von Bibra solches aufs beßt
> Fieng wieder zu bauen an, sobald
> Als man fünf und siebenzig zahlt
> Der wenigen Zahl und brachts zum End
> In treyen Jahren, der liebe Gott sendt
> Darzu sein Glück, Heyl und Gnad
> Das ihm forthin gescheh kein Schad.

Ober der Saalthüre stand:

> Heinrich von Bibra zu Bibra und Burgwallbach.
>
> Gott der Herr behüt das Haus,
> Alle, die darin gehn ein und aus.

Frankenheim

ein Filial von Bischofsheim. 1411 hatte Hanns von Steinau die Hälfte des Dorfes von Konrad von Griesheim erkauft, und 1429 erbten Georg und Heinz von Ebersberg die andere Hälfte von Herrn Johann von Maklos Domherrn in W. — Jetzt ist das Hochstift allein der Cent und Vogtei berechtigt, ob durch Kauf oder Tausch die beiden Hälften an Würzburg gekommen sind, weiß ich nicht.

Hasselbach

ein Filial von Bischofsheim hat in seinem Umfange zwei Höfe, welche würzburgische Lehne sind. Der eine ist Rittermammlehen und wird samt der Schäferei und dem ganzen Schaaftriebe, auch mehrern andern Gütern in der Gegend von der Familie von Weyers zu Hasselbach zu Lehn getragen. Den andern besitzen die sogenannten Endreßischen Hofleute. Beide Höfe haben schon sehr viele Streitigkeiten veranlaßt, besonders der erstere, indem der adeliche Besitzer oder sein Verwalter bald sich von der Centgerichtsbarkeit völlig ausschließen, bald die Schenkgerechtigkeit ausüben wollte, ungeachtet schon der Fürst Julius sich dieser Anmaßung widersetzte, und die damalige adeliche Besitzerinn derselben zu entsagen sich anheischig gemacht hatte. Die Vogteylichkeit innerhalb des Burksitzes übt der Besitzer, oder sein Verwalter in dessen Namen aus.

1589 waren zu Haſſelbach 32 fürſtliche, 24 weyeriſche Männer: jetzt ſind alle dortigen Einwohner würzburger Cent -- und vogteibare Unterthanen.

Kilianshof.

Dieſes nur von 13 Nachbarn bewohnte Dörflein entſtand in den Jahren 1690, durch Vererbung oder Plätze: es liegt mitten im Walde, und hieß ſonſt auch Kilmanskopf oder Kilbigskopf *.

Oberbach

Liegt mit ſeiner Markung ganz im Salzforſte: das Dorf kömmt ſchon in den älteſten Verzeichniſſen als ein würzb. Centort vor. Von ſeiner Geſchichte weiß man bei dem Amte gar nichts. Das Gotteshaus daſelbſt hat das Wirthshaus mit dem Schenkrechte. Biſchof Julius, ſagt man, habe dieſes Recht dahin gegeben, weil er, als er daſelbſt in eigener Perſon das Abendmal unter einer Geſtalt empfieng, um die Leute, welche es nur unter beiden Geſtalten empfangen wollten, zu bewegen, bei dem Glauben ihrer Väter zu bleiben, ſehr viele Bereitwilligkeit gefunden hatte. Die vier benachbarten Ortſchaften, Wildflecken, Rothenrein, Reuſſendorf und Silberhof ſind Fili-

---

* Nach der Volksſage in der Gegend ſoll der heil. Kilian auf dem nächſt an dieſem geringen Dorte gelegenen Hügel, an deſſen Spitze ein hohes Kreuz aufgerichtet iſt, zum erſtenmale geprediget haben: die Leute ſind nicht wenig ſtolz darauf, die erſten Chriſten geweſen zu ſeyn.

alorte von der Pfarrei Oberbach, und mit ihren öffentlichen Zechen in das dasige Wirthshaus gebannet.

Nebst der Stadt Bischofsheim ist Oberbach der einzige Ort, der das Jahr hindurch drei Jahr- und eben so viele Viehmärkte zu halten befugt ist.

Oberweissenbrunn

ein Filial von Bischofsheim: gehört ebenfalls unter die Amtsorte, von deren Geschichte man bei dem Amte nichts vorfinden kann. Nicht weit vom Dorfe entstehet die Brent, welche bei Frankenheim, Bischofsheim, Unterweissenbrunn, Wegfurt, Schönau vorbei fließt, und oberhalb Neustadt sich in die Saale ergießet. Auf der Markung des Dorfes sieht man noch eine sechseckigte Verschanzung, welche von den Schweden aufgeworfen und besetzt gewesen seyn soll.

Reussendorf.

Wo jetzt dieses Dorf stehet, da stand ehemals ein Hof genannt Tabersfeld oder Tammersfeld. Der zeitliche Amtmann hatte ihn im Genuße als einen Theil seiner Bestallung. Aus einem Prodokolle des ehemaligen Amtmannes Johann Georg von Erthal vom 14 Merz 1579 kann man das mit Zuverläßigkeit schließen: „erstlich hab ich 4 Mennern vom Wildflecken von wegen einer ganzen Gemeyn nur von Damersfeld für Hay und Wayd doruf zu geben angefordert 50 fl. an Geld, 100 Maas Butter: hab ich mir vorbehalten die Gerten mit Kraut, Ruben, Hanf, soviel mir gefellig, zu beſemen das ſollen ſie mir hegen; item ſol ich macht haben, 20 oder 24 Rindnöſſer doben zu halten, das ſoll mir ir Hyrd zum treulichſten hueden und warden, auff und einthun, und vor andern Vyhe in den Stall ins trucken thuen: auff ſolch Gebott haben mir die 4 Menner eines für alles gebotten 51 fl. das hetten ſie Hannſen Jörgen von Münſter zuvor auch geben: ſo hab ich in Bedenkzeit geben drey Tag, alsdan mich mit ja oder nein zu beantwortten. „

Die Kammer benutzte dieſen Hof in der Folge auch auf eigene Rechnung, und man trieb von daher 52 Ochſen auf die Weide. Er war alſo immer eine beträchtliche Viehzucht daſelbſt. Die Gemeinde Wildflecken nahm das Taberofeld 1686 erblich an; da aber die Mitglieder mit ihrem Verſprechen nicht einhielten, ſo wurde derſelbe um 1691 abermals feil gebothen, und entlich zwölf Nachbarn aus Oberbach erlaubt, ein neues Dorf zu errichten. Der Vererbungsbrief wurde 1703 wirklich ausgefertigt, und zugleich die Errichtung achtzehn neuer Wohnhäuſer begenehmiget. Ober dieſem Dorfe gegen den Fuldiſchen Viehhof, Tammersfeld genannt, über ſieht man die zween alten Bergſchlöſſer, den großen und kleinen Rauenſtein, oder vielmehr deren Ruinen, zum Theile einige eingeſtürzte, theils noch unbeſchädigte Mauern und Gewölbe.

Rothenrein

ist wie Reussendorf ein Filial der Pfarrei zu Oberbach, zählt nur wenige Nachbarn, und kömmt unter den älteren Amtsorten vor.

Schönau

ein Filial der Pfarrei Wegfurt im Brentgrunde gelegen ist eines der vollreichsten Amtsorte: von seiner Geschichte weiß man eben so wenig, wie von jener des vorher gehenden Dorfes. In den vorigen Jahren stritten sich die Amtleute von Bischofsheim mit den Unterpröbsten zu Wechterswinkel um die Vogtei-Jurisdiction, diese Streitigkeiten sind aber jetzt zu Gunsten des Amtes Bischofsheim beigelegt.

Selbst die Besitzer des klösterlichen Lehenhofes müssen hier Recht sich sprechen lassen, wenn die Sache nicht den Lehnhof selbst, oder dessen Güter belanget: denn in diesem Falle gehört die Entscheidung dem Klosteramte.

Silberhof

ein Filial von Oberbach, hieß ehedem der Fröbelshof, und war damals nur von einem einzigen Bauern bewohnt, an den vermuthlich die Felder von der fürstlichen Hofkammer waren vererbt worden. Nach und nach bauten sich mehrere Leute hier an, die Oednungen in Erbbestand nahmen, und zu Artfeldern umbildeten; so entstand das Dorf, welches seinen jetzigen Namen von einem Platze der Gegend soll bekommen haben, wo man angefangen hatte, Silber zu graben.

aber des häufig herbei quellenden Wassers wegen die Arbeit einstellen mußte. In dieser Gegend wird häufig der Schwerspat gefunden, den Hr. Professor Pickel zu Würzburg in ansehnlicher Quantität sich liefern läßt, und zu salzsaurer Schwererde (terra ponderosa salita) verarbeitet.

Sondernau

ein Filial von Oberelsbach im fürstlichen Amte Fladuugen, wurde 1435 mit Weisbach, Ginolfs und und andern von dem Bischofs Johann an den Grafen Georg von Henneberg verkauft. So kömmt eben dasselbe in dem Lehnsverzeichnisse der Grafen vou Henneberg von 1317 als ein Lehen der von Erthal vor: „Die von Erthal haben auch von uns das Dorf Sundernahe." 1589 gehörte der halbe Theil dieses Dorfes überm Wasser herwärts gelegen schon zur Bischofsheimer Cent: der andere Theil soll um 1635 ebenfalls dahin überwiesen worden seyn. In dem vorher bemerkten Jahre (1589) gehörte das halbe Dorf noch dem Martin von der Tann: wie es an Würzburg gekommen, kann ich nicht angeben. Jetzt ist ganz Sondernau Cent- und Vogteibar nach Bischofsheim. Dieses Dorf hatte ehemals, wie viele andere im Lande ein eigenes Dorfgericht, über dessen Verfassung die Beilage aufklärt, die ich als ein Beispiel der Form und des gerichtlichen Umfanges jener Gerichte beifügte. (Beilage Nro IV.)

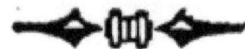

Unterweissenbrunn

ein Filial von Bischofsheim: ist eines der ältern Amtsorte: nicht ferne davon lag Altenbrenda, welches jetzt eine Wüstung ist, und sonst aus achtzehn Gütern bestand. Die Bewohner waren vielleicht aus den nämlichen Ursachen, wie jene des Rothenmooses in das benachbarte Unterweissenbrunn gezogen. Diese Gemeinde stellet wirklich noch von diesen Gütern einen Centschöpfen nach Bischofsheim.

Die Familie von Weyers besaß hier auch ein adeliches Rittergut, welches, wie jene Wüstung, den Namen Altenbrenda, führte. 1659 kaufte die fürstliche Kammer dasselbe an sich, und vererbte es nach und nach stückweise an die Gemeinde: so wurden 1660 301 Morgen Artfeld, 91/2 Morgen Krautländer, und 441/2 Morgen Hutweide samt der Schaafkoppelgerechtigkeit, und 1665 82 Morgen Wiesen mit dem Vorbehalte jährlicher Gült verkauft.

Wegfurt.

ist eine eigene Pfarrei: von seiner Geschichte konnte ich keine Nachrichten finden: es gehört vielleicht zu den ältesten Dörfern im Amte. Im Pfarrbuche ist angemerkt, daß im sechszehnten Jahrhunderte ein Pfarrer daselbst gewesen, der Luthers Lehren anhieng und sie predigte.

Weisbach

hat eine eigene Pfarrei. Bischof Julius kaufte 1599 den halben Theil dieses Ortes von den Herrn von Rumrod, und 1604 die andere Hälfte von den Gebrüdern Otto und Adam von Bastheim. Beide Familien hatten ihren Antheil von dem Hochstifte als Rittermannlehen getragen *.

Die Cent-Jurisdiction war schon vorher bei dem würzburgischen Amte Fladungen. Als das Dorf würzburgisch geworden war, wurde auch die Vogteiligkeit diesem Amte übertragen, 1689 aber an das Amt Bischofsheim gezogen. Oberhalb Weisbach lag ein Dorf, welches Gräfenhahn hieß, und der Familie von Weyers gehörte, welche die ganze Markung desselben, als es von seinen Bewohnern verlassen war, 1550 an die Gemeinde Weisbach um 1100 Fl. verkaufte. Die Verkaufsurkunde, welche die Gemeinde noch in beglaubigter Abschrift besitzt, wurde, weil der eigentliche Verkäufer Ulrich von

---

* Karl von Bastheim hatte 1449 seinen halben Theil an Weisbach an Hanns und Jakob von Steinau um 214 Fl. auf Wiederkauf veräußert: noch 1493 war diese Hälfte nicht wieder eingelöset: denn damals trug Berthard von Steinau das halbe Dorf nebst dem Zehnten im Dorfe und auf dem Felde zu Rittermannleben vom Hochstifte: dieser Zehnt, welcher von dem damaligen Besitzer zu beständiger Quantität vererbt wurde, wird noch in der Amtsrechnung als der von denen von Steinau erkaufte Sackzehnt verrechnet.

Weyers gleich nach dem Kaufe gestorben war, von
den Vormündern seiner Kinder, namentlich von
Christoph von Ebersberg zu Gersfeld, und
Wilhelm Forstmeister zu Steinau an der Saale,
mit Zuziehung Gottfrid Forstmeisters von Leben=
hahn ausgefertigt, und der Gemeinde übergeben.

Die ehemaligen Besitzer von Gräfenhahn hatten
die Centgerichtsbarkeit über Weisbach, weil sie aber
nicht im Stande waren, der in den Fehdezeiten all=
gemeinen Selbsthülfe Widerstand zu thun, und ihre
Centunterthanen zu schützen, so erlaubten sie den=
selben, bei einem andern Centgerichte Schutz zu
suchen. Diese kamen daher nach Bischofsheim mit
ihrem Gesuche, da aber die Voit oder Vogtherren
daselbst mit den vorgeschlagenen Bedingungen nicht
zufrieden waren, so wendeten sie sich nach Flad=
ungen, welches damals die Grafen von Henneberg
inne hatten, und wurden auch von dem Gräfen
Otto als centbare Unterthanen angenommen. (Bei=
lage Nro V.) In der Folge entstunden deshalb Irr=
ungen, worüber sich der Ritter Hanns von Ebers=
berg und Hanns von Steinau mit dem Grafen
Otto ausglichen. (Beilage Nro VI.)

Wildflecken

ein Filial von Oberbach entstand wie Reussendorf
und Silberhof durch aufeinander folgende Vererb=
ungen, und ist ohne alle Ausnahme der völligen Ge=
richtsbarkeit des fürstlichen Amtes unterworfen.

Seelenzustand des Amts.

Die Stadt Bischofsheim und alle Dörfer zusammen genommen zählen gegen 1302 Feuerstellen.

1791 zählte man im ganzen Amte 6567 -- 1792 -- 6707 und 1793 -- 6737 Seelen beiderlei Geschlechts.

Arme hatte man im ersten Jahre 7 von der ersten, von der zweiten Klasse 58: zusammen 65 -- --

Im zweiten Jahre 5 von der ersten, 77 von der zweiten Klasse: zusammen -- 82 --

Im dritten Jahre 8 von der ersten und 58 von der zweiten Klasse: zusammen 66 -- -- Das Verhältniß der sämtlichen Armen gegen die Seelenzahl war also im ersten Jahre, wie $1 : 110\frac{2}{65}$, im zweiten wie $1 : 81\frac{65}{82}$, und im dritten wie $1 : 102\frac{5}{66}$.

Sitten und Nahrungsstand der Einwohner.

1) Lebensart und Genügsamkeit.

Die Menschen sind in den Rhöngegenden überhaupt, mithin auch in dem Amte Bischofsheim, ziemlich gutartige Geschöpfe; wer mit der gewöhnlichen Hausehre mit Brode, Brandewein, und gutem Willen vorlieb nimmt, ist ihnen in ihren Hütten willkommener Gast. Wenige Gemüsarten, geronnene Milch und Kartoffeln sind fast tägliche Speisen; das Hausbrod ist mit Gerste und Kartoffeln gemischt: diese erscheinen durchaus in vielerlei Gestalten in der Haushaltung. Wer am Sonntage Fleisch im Topfe hat, ist schon ein bemittelter Mann. Von dem Genusse der vieler Vegetabiliee mag es herkommen, daß man fast durchgehends blasse Gesichter sieht. Der Getrank ist Wasser rein und frisch von dem Borne weg, oder größten Theils schlechtes Bier *. Wein ist eine seltene Gabe, weil er sehr theuer in der Gegend ist: Brandwein aus Korne hingegen ist gewöhnlicher.

Der Knabe, der die Heerden seines Vaters am frühen Morgen auf die Weide treibt, und erst wieder bei einbrechender Nacht nach Hause kömmt, gewöhnet sich frühe an das Gebirge, und schützet sich, wenn er mitten auf demselben hütet, durch eine Hütte von Moos gedeckt gegen Wind und Wetter: unter ihrem Schatten genießt er mit seinen Gespielen sein kärgliches Mittagsbrod. So gewinnet der Mann seine Heimat lieb, findet zwar das flache Land schöner, mag es aber doch nicht mit seinen Wäldern und Bergen vertauschen, die ihm eben so viele frohe Errinnerungen aus seiner Jugend ins Gedächtniß rufen.

---

* In Gersfeld wird ein sehr gutes Bier gebräut, welches häufig in der Gegend verkauft und getrunken wird. Ueberhaupt verdiente dieser Ort, wo man ungeachtet der allenthalben hervor ragenden Gebirge und Wälder, ganz unerwartet schöne englische Anlagen und Lustplätze findet, wo ausgezeichnete Betriebsamkeit und verhältnißmäßig viel Wohlstand ist, eine eigene Beschreibung. Dürften wir diese nicht von dem dortigen Hrn. Amtmanne Weikard, oder vom Hrn. Pfarrer Volkhards erwarten?

2) Feld- und Wiesenbau.

Der Feldbau im Amte erfordert mehr Anstrengung der Ackersleute, eine größere Menge Zugvieh: und dem ungeachtet gedeihen wenige Früchte. Theils ist hieran die Lage der Felder meistens an Hügeln oder schrofen Bergwänden, theils der schlechte Gehalt des Bodens, hauptsächlich aber das rauhe Klima Schuld. Unter den Getreidarten wird selbst auf dem Gebirge vorzüglicher Haber gebauet, welcher in den neuesten Zeiten seinen Eigenthümern reichen Ertrag verschafte.

Die Wiesen in den engen Thälern sind selten gut, und ertragen gewöhnlich nur saures Futter: das hievon erzielte Heu und Grommet würde nicht einmal hinreichen, das nöthige Zugviehe zu ernähren, viel weniger eine so starke Viehzucht zu befördern.

3) Uebersicht des Viehstandes und der sämtlichen Schäfereien.

1792 waren im Amte 76 Pferde, 633 Ochsen, 1938 Kühe, 1574 Stiere, 1187 Kälber — ein Wehrt von 84323 Rthlrn, woran jedoch die Eigenthümer noch 9083 Rthr. schuldig waren.

Die zahlreichen Vieheheerden finden ihre Nahrung auf dem Gebirge, dessen Oedungen eine sehr beträchtliche Weide darbieten.

C

Auf dem ganzen Flächenumfange des Gebirgs wird eine sehr große Menge Heu von den benachbarten Gemeinden geerndtet. Diese Ernde ist im Julius; man sieht da Zelte aufgeschlagen, unter deren Schatten die Arbeiter ihr karges Mahl an Brod, Käse, Biere - - genießen, und auch so lange da schlafen, bis die Arbeit ein Ende hat. Wer zu ihnen kömmt, ist ihnen willkommen, wenn er mit ihren Gerichten zufrieden ist. Das Gebirgl, die nahen Thäler und Wälder hallen von dem Ausdrucke der Freude fleißiger Menschen wieder. Mit dem ersten Blicke der Sonne fängt das Tagewerk an, und dauert bis in die Nacht. Diese Arbeit und Feier der Heuernde wird von den jungen Leuten gierig erwartet, und und alles freut sich, wenn die Zeit kömmt, die sie auf die Berge ruft. --

In neueren Zeiten hat man zwar viele hundert Morgen an die Nachbarn der Dörfer eigenthümlich gegen jährliche Erbzinsen abgegeben: die Viehzucht verlor aber hiebei nichts, indem entweder mehr Körner und Stroh, oder Futterkräuter erzielt werden.

Im Amte sind 13 Schäfereien: den Zustand derselben wird man augenscheinlicher in einer Tabelle erkennen können, welche ich aus vierjährigen Verzeichnissen entworfen habe.

	Ueberwintert wurden Stück	Lämmer gewonnen	Davon verkauft im Lande	Davon verkauft ins Ausland	Eingeschlagen	Im Juni ließ zählten die Schäfereien	Wolle wurde gewonnen
1790	3947	2002	495	55	15	5769	74 Cntr. 84 ℔.
1791	3803	2196	490	259	6	5266	73 Cntr. 99 ℔.
1792	3684	1832	180	115	15	5242	63 Cntr. 89 ℔.
1793	3446	2014	536	149	—	5352	65 Cntr. 3 ℔.

Flachsbau.

Das Getreide, welches gebauet wird, reicht zur Verbrödung bei weitem nicht hin: der häufige Flachsbau und dessen Verbreitung verschaft den Leuten nebst dem, daß er ihnen verdienstliche Beschäftigung giebt, die Mittel, sich das nöthige Getreide anzukaufen.

Eben dieser häufige Flachsbau veranlaßte eine Menge Leinenweber: die Zeiten, in denen der Flachs nicht gedeihet, sind für diese Leute besonders drückend: sie sind dann ohne Arbeit und ohne Brod. Als man diese Quellen der Nahrungslosigkeit aufspürte, bemerkte man auch diese, und suchte ihr zu begegnen. Der Fürst, dessen Andenken von jedem guten Franken gesegnet wird, Franz Ludwig ließ aus der Amtskasse 1300 Rthlr. ohne Zinsen vorschießen: der uneigennützige Beamte nahm es auf sich, dafür Garn einzukaufen, welches den Winter hindurch an die arbeitslosen Leinenweber zur Verarbeitung abgegeben wurde: das erhaltene Tuch wurde endlich um einen Preis abgegeben, wobei das hergeschossene Kapital heraus kam. So war mit demselben aufs fleißigste gewuchert, denn viele arme brodlose Menschen hatten Nahrung erhalten.

5) Tuchmanufaktur zu Bischofsheim.

In der Stadt Bischofsheim arbeiten 48 Tuchmachermeister, welche wöchentlich 1154 Ellen Wollentuch und 585 Ellen Flanell verfertigen. Die Konsumtion der Wolle beträgt in einem Jahre gegen 623 Centner.

1791 arbeiteten 101 Weiber, Söhne und Töchter, welche wöchentlich zusammen 62 Fl. 45 Kr. verdienen konnten. 16 Gesellen verdienten wöchentlich 19 Fl. 40 Kr. 160 arme Personen verdienten dabei wöchentlich 94 Fl. 57 Kr. Nebst dem wurden noch 4 Haushaltungen in Wollbach, und 5 in den Rudenschwinden, auch 1 zu Lebenhan durch Arbeiten ernähret.

Johann Dikkas verdient besonders unter seinen Mitmeistern erwähnt zu werden; seiner Industrie verdankt er sein Vermögen: rastlose Geschäftigkeit, treue, eilige Befriedigung seiner Kunden mit guter Waare haben ihm schon eine beträchtliche Abnahme seiner Fabrikaten in unsern Lande versichert.

So viele Hände beschäftiget, so viele Leute ernähret diese Zunft, und jetzt, wo wir auf vaterländische Arbeiten mit Verachtung sehen, wie blühend würde nicht der Nahrungsstand der jetzigen und künftigen Tuchmacher seyn, wenn wir aus Patriotismus uns daran gewöhnten, lieber ein inländisches als ausländisches Tuch zu gebrauchen, wenn wir nicht ausschließend das liebten, was als französische oder holländische Waare gestempelt ist. Freilich sind die ausländischen Tücher meistentheils an Farbe und Gehalt vor den einheimischen, aber diese sind schlecht und müssen es so lange bleiben, bis der Fabrikant durch größeren Absatz in den Stand gesetzet wird, mehr auf die Verfertigung seiner Fabrikate zu verwenden. An uns liegt also immer die erste Ursache, wenn die Waaren, welche unsere Handwerker und Künstler hervorbringen, den Arbeiten der Ausländer nicht nahe kommen.

6) Pottaschensiederei zu Silberhof.

Die Einwohner von Silberhof haben beinahe ihren eigenen Nahrungsstand: mehrern Nachbarn sieden nämlich Pottasche. Diese müssen alljährlich 32 Centner an die fürstliche Kammer liefern, den Cntr. zu 4 Rthlr. und haben den Aschenbestand in mehreren fürstlichen Aemtern, und darinn wieder einige Afterpachter.

Der Handel mit Pottasche ist sehr vortheilhaft indem das nöthige Holz ohne große Kosten herbei geschaft werden kann, weil das Dorf ganz von Wäldern umgeben ist.

Handel und Gewerbe.

Handelsleute giebt es wenige im Amte: der Bauer webt seine Kleidung selbst, und Gewürze samt andern dergleichen Waaren sind nicht sehr im Gebrauche.

Handwerksleute trift man mehr an, besonders die zum Ackerbaue und gemeinen Leben unentbehrlichen Gewerbe. Die Gewohnheit, auf hölzernen Tellern, und mit hölzernen Löffeln zu essen, so wie jene, hölzerne Schuhe zu tragen, veranlaßte, daß sich mehrere Menschen mit Verfertigung dieser häuslichen Geräthschaften abgeben, und einen Theil ihrer Nahrung dadurch erwerben. Zu solchen Arbeiten wird das Ahornholz gebraucht, seltener die Erle, weil sie weicher mithin weniger dauerhaft ist. Die jungen Stangen der Esche werden zu Peitschenstecken verarbeitet, oder auch um hohen Preis verkaufet.

Künstler giebt es nur wenige: Was man so nennen könnte, wären jene Leute, die, ohne je ein Handwerk oder eine Kunst zunftmäßig gelernt zu haben, doch dauerhafte und nicht ganz geschmacklose Arbeiten verfertigen. Dergleichen Männer hat beinahe jedes Dorf, denen in frühern Jahren nur einige Anleitung und Reisen in der Welt fehlten, um in ihren Fächern ausgezeichnete Menschen zu werden.

So mannichfaltig ist der Entwurf des Nahrungsstandes der Leute, die am Gebirge wohnen. Was ihnen die Natur versagte, müssen sie durch Kunstfleiß zu ersetzen suchen; gehen wir hingegen in die fruchtbaren Gauen, da belohnet der gesegnete Boden reichlich den Schweiß seiner Anbauer, und ist die einzige Quelle des Nahrungsstandes für dieselben; dagegen ist auch unter ihnen Veredlung roher Erzeugniße unbekannt: Die Natur erzeugt, und ihre Hände sind nur gewohnt, die reifen Früchte von der Erde zu nehmen, und dieselbe wieder auf künftiges Gebähren zu bereiten.

Beilagen.

(Beilage Nro I.)

Vergleichsartikel des Rothenmoors halben dem Herrn von Weyers vorgelegt: wahrscheinlich ein Fragment von einem in dieser Sache entworfenen amtlichen Berichte.

1. Indem die gesammten Besitzer obigen Guts jederzeit die Schuldigkeit nach dem alten Herkommen, obschon nicht in natura, doch zu einer erkleklichen Geldsumme angeschlagen, entrichtet haben, auch erbiebig sind, falls sie ein mehreres erweislich schuldig seyn sollten, sich der Gebühr zu vergleichen, daß ihnen aber über alles dies

2. unmöglich solches Gut wieder zu bebauen, und zu beziehen zugemuthet werden wolle, wüßten sie sich ohne ihren offenbaren ruin dazu nicht zu verstehen, in reiferer Erwägung sie ihre eigenthümliche wenige Gütlein, welche ihnen zeithero des verderblichen Kriegswesens wieder mit sonderem Schweiß in etwas Aufnahme und Genuß gebracht worden, auf solchen Fall zu ihrem unwiederbringlichen Schaden und mehrerem Verderben, als worinn sie vorher niemals gewesen, bei jetzigen von Gott verliehenen friedlichen

Zeiten, daher ein jeder sonsten billig bei dem Seinigen gelassen werden sollte, bitterlich mit dem Rücken ansehen, und zu solchem der Herrschaft weiter nichts nützenden oder erträglichen Bauen anwenden, und hienächst auf solcher Wüstenei am Hungertuch nagen werden;

3. so wäre auch eine augenscheinliche Unmöglichkeit, solches Bauen ins Werk zu setzen, indem mittels Konsens die Höfe allzusehr zertrennt und zerstückelt, also zwar, daß, wo man schon gern wollte, wegen der geltspengeln Zeit damit kein Aufkauf beschehen könnte, sondern müssen viele, indem sie das Ihrige zu Hause um ein bovers begeben, und an solche Moorgüter verwendet, dergestalt, weil sie von da also abgetrieben würden, unchristlicher Weise zu scheitern gehn;

4. daher man sich eines leidentlichen Prozeß getrösten, und nochmals des Erbietens seyn wollte, sich in allem demjenigen, warum man bei so unbebautem Dorf Moor gefährdet zu seyn vermeinet, der Billigkeit nach abzufinden: gestalten man sich hiernächst auch verhoffentlich weiters nicht beschweren, und mehrere Unmöglichkeiten begehren könnte, immaßen dann auch die landesfürstliche Obrigkeit ihrer Unterthanen verberblichen Untergang schwerlich gestatten würde. -- --

Nun folgt der Bericht über der Herrn Gebrüder von Weyers zu Gersfeld wegen Bebauung ihres der Zeit wüstlingenden Dorfs Moor gegebenen endlichen Resolution: geschehen Gersfeld den 23ten Merz 1671.

Als damals der ältere Herr von Weyers eben mit einer schmerzhaften Unpäßlichkeit darnieder gelegen, und daher solcher Zustand nicht leiden wollen, mündliche Konferenz des Moors halber zu pflegen, so ist nicht desto weniger mit beider Herrn Gebrüder von Weyers zeitlichem gemeinschaftlichen Skribenten ein und anderes movirt, von selbigen auch zur Herrschaft alsbalden referirt, und darauf folgende kurze Resolution ertheilt worden: „ob man zwar ihrer zeither nach so langem gütlichen Nachsehen, besonders aber auf der jetzigen Moorbesitzer aufzügliches Tergiversiren, indem selbige sich weder zu diesem noch jenem, als zu Wiederaufbauung des Dorfs Moor, oder Cediren desselben verstehen wollten, dergestalt wohl befugt wäre, woran auch kein Hinderniß von Niemanden beschehen könnte, noch sollte, solches eigenthümliche Gut de facto an sich zu ziehen, und mit anderwärtigen Unterthanen nach Selbstgefallen zu besetzen, so wollten die Gebrüder von Weyers jedoch und in Rücksicht des Herrn Oberamtmanns habender Kommission nomals aus solchen Rechten schreiten, und sich endlich resolviren, auch hinwiederum einwendlicher Gegenerklärung von den samtlichen Moorbesitzern gewärtig seyn: gestalten die von Weyers einmal vor allem, und wie vor, also nach und weiters unausschreitlich das Dorf Moor mit neun Höfen gebaut haben wollten, und möchten sich die Besitzer sothanes Bauen werkstellig zu machen, und die Höfe hiernächst zu besetzen, und zu gebrauchen, untereinander selbst beßtens vergleichen, oder einander auskaufen, wie sie von Weyers dann auch hiernach ihre freie Wohnung dahin zu bauen gemeint wären, mit der fernern Versicherung, daß auf solchen Fall ihnen Besitzern über die uralte und bis dato hin entrichtete Lehenschuldigkeit keine weitere besorgende onera aufgebürdet werden, sondern sie in alle Weeg bei dem alten Herkommen gelassen weeden sollen, im widrigen Falle, und da sie, die jetzigen Besitzer zu bauen sich nicht resolviren würden, müssen nothwendig andere Unterthanen, deren sich schon verschiedene hiezu angebotten haben, aufgenommen, und ihnen solches Gut zu bauen eingeraumt, und also zu besserem ihrem deren von Weyers erscheinenden Nutzen, und einsmaliger auf benöthigten Fall weit höherer Verwendung (wohin solcher Bau vorzüglich bezwecket) gebracht werden, daher dann denjenigen der jetzigen Besitzer, so an solchen Moorgütern ein und andere Stück oder Flecken erkauft, ihr Kaufschilling zurückgegeben werden, dieselben aber, welche dergleichen Güter daselbst ererbt, sich weiter nichts, als ihr ausgelegtes Zuschreibgeld zu erfreuen haben sollten; wollten es also den sämtlichen Besitzern zur Kühr gestellet haben, entweder obigermassen zu bauen, oder zu cediren, ratheten jedoch selbst zum bauen, welches ihnen Besitzern in Erwägung, dergleichen Hofshütten ein so großes nicht forderten, am verträglichsten seyn würde, allermaßen man hierüber eine kathegorische Entschließung gewärtig wäre. — —

(Beilage Nro II.)
Kopia das Amt Bischofsheim zu verschenken.

Wir Gustav Adolph von Gottes Gnaden der Schweden, Gothen und Wenden König, Großfürst in Finnland, Herzog zu Schester, Karelien, Herr von Ingermannland ꝛc. thun kondt himit öffentlich bekennen, daß wir aus königlicher Milde und Gnadt wohl bedachtem freyen Muth undt eigner Bewegnuß, auch in gnetigster Erwegung der Uns und Evangelischer Sach von dem wohlgebornen weilandt Unserm Obristen und lieben getreuen Atolph Dietterich Baron von Effern seeligen mit Außsetzung seines Lebens gelieferter treuer Dienste zu gnetigster recompens seiner hinderlassenen Wittiben, Kindern und Leibeserben geschenkt und verehrt, schenken und verehren auch hiemit und kraft dieses das Ambt Bischofsheim vor der Rhön gelegen samt allen dessen pertinentien, Rechten, und Gerechtigkeyden, Gewohnheiten und allen andern nichts außgenommeu undt wie solches die Bischöfe von Würzburg ingehabt, gnützt und gebraucht haben, Wir aber nunmehr durch Gottes des Allmechtigen alleinigen Gnatten und Volchen christlichen Siegs in unsern rechtmäßigen Gewalt bracht, auch darmit nach Unseren königlichen gerechten Willen zu disponiren undt zu verordtnen haben, setzen auch ein und immitiren vorermelts Unsers Obristen seelig hinterlassenen Wittiben und Erben hiemit und in kraft disser donation in sichere und wirkliche posseſsion obbesagter Guetter, jedoch Salvo jure noſtro Superioritatis also und dergestallt, da sie Baron von Esserms Wittibe und Erben obbesagtes Ambt Bischofsheim mitt aller Zugehör von Uns und Unserer Cron Schweden als ein gemachten Geschenkh in underthenigster, schuldig-Dankbahrkeyd erb- uud eigenthümblich empfangen, dasselbich hinführo haben, nützen, geniessen undt gebrauchen: Wir versprechen auch weiders bey dieser Unser königlichen donation gegen jedermänniglichen zu schützen und zu manuteniren. Urkundlichen haben wir disses mit eigner Handt underschrieben, undt in Unserm königlichen Velltleger bey Donawerth den 3 Abrilis 1632 Gustav Adolph.

(Beilage Nro III.)
Kopia der Besitznehmungs-Urkunde.

Demnach dem Allerdurchleuchtigsten, Großmächtigsten Fürsten und Herrn Herrn Gustav Adolph von Gottes Gnaden der Schweden, Gothen und Wenden König ꝛc. gefallen, meines Sohns seeligen hinderlassenen Wittiben, Kindern und Nachkommen das Ambt Bischofsheim mit aller angebenter Gerechtigkeyd In- und Zugehör allermassen, wie es die vohrige Bischöff ingehabt, gebraucht und genützt haben, aus lautter Milten und Gnaden zu schenkhen, so gebe ich hiemit undt in Kraft dieses dem erbaren, frommen Mertin Petter Haff alß angeborner Kurator und Großvatter gesetzter Wittiben undt Kindern Macht und Gewalt, nicht allein in deren Namen auf gesetztem Ambt zu erscheinen, und den Besitz, so ihnen von höchstgedachter Ihrer Königlichen Mayestett abgeordneten Commissario aufgetragen werden würdt, underthenigst zu empfangen, undt die Underbetinte nach vorgehender Uebertracht in der Wittibe und Kinder Aydt und Pflicht zu nemen, sondern auch alles, was im Ambt, und auf dem Hauß vorhandten, gerichtlich vorzeichnen zu lassen, Urkundt meiner underschribener Handt und aufgedruckter Pettschaft, beschehen zu Würtzburg den $\frac{14}{24}$ Abrillis 1632.

Hannß Wielhelm von Effern.
Königl. Meyjestett und der
Cron Schweden Rath und
Gubernator zu Würtzburg.

(Beilage Nro IV.)
Ehemaliges Dorfsgericht in dem Amtsorte Sondernau.

In Sondernau zu wißenn, daß von Alters hero biß auf wenig abgewichene Jhar, die Junckern von der Thann undt ein Breyst zu Wechtersschwinckell die nieder Vogtei miteinander gehabt, aber Wirtzburgk hat Than ausgewechselt.

Als man zehlet nach der Geburt Jesu Christi
1615.

Haben die erbaren und ersamen Kilian am Ende, wirtzburgischer Schultheis, Linhart Hergenhan, Kloster Wechterschwinckellischer Schultheiß des Dorfs altem Gerechtigkeiten allhie zue Sondernae wiederumb mit der unden beschriebenen zwölffen Rath erneuern lassen, wie folgt.

Der Richter oder Schultheiß fragt die zwölffe: ist es auch auf die rechte tagzeit kommen, das wir das Walber oder Mertengericht hegen, wie von alt herkommen ist.

einer aus den Zwölffen antwort.

ia es ist wohl auf die Tagzeit kommen, das wir das Walber (: oder Mertens :) gericht hegenn, undt aufrichten, wie vom Alters herkommen ist.

der Richter sagt:

ich hege das Walber gericht, erstlich von wegen des Hochwürdigen Fürsten undt Herrn, Herrn July Bischoffs zue Wirtzburgk undt Hertzogen zue Francken, unsers gnedigen Fürsten und Herrn

zum andern von wegen des ehrwürdigen undt edelen Konraden Ludwigen Zobels von Giebelstadt beder hoher Stiffter Mentz undt Wirtzburgk Dohmherr undt Oberbropst zue Wechterschwinckell, auch unsers gnedigen Herrn, ich hege auch das Walbergericht von wegen beder Schultheißen und der zwöf geschwornen,

ich hege auch das Walbergericht von wegen der zweien Heimerich undt von wegen einer gantzen Gemeindt, auch von aller wegen, so zu diesem gehegtem Walbergericht geboten seindt,

ich verbiete auch das keiner für dis gehegte Walbergericht trede, er thue den das mit erlaubniß.

das auch keiner einem das Wort rede, er thue den das mit erlaubniß

das auch keiner auffsteh oder niedersitz, er thue den das mit erlaubniß,

ich verbiete auch an diesem gehegten Walbermäel alle ungebuerliche Werk undt Wort, so sich darin oder ausserhalb nit gebueren zu reden

ich verbiete auch alles, was ich von Rechts wegen zu verbieten habe,

ich erlaube auch hieran alles, was ich von rechts wegen zu erlauben habe.

 Der Richter: wie frag ich euch zwölf darumb?

 Einer aus den zwölffen antwort:

  Rechts bei dem aydt.

 Der Richter sagt:

So seidt des rechten bei dem aydt gefragt, ihr alle

zwölf, ob das Walbergericht rechtlich und wol gehegt sey, undt mit unverleümbden Schepffen recht undt wol besatzt, wie von Alters herkommen ist.

Ein Schöpff antwort:

es haben mich es meine aydbrüder gelert, und sprech es auch selber mit inen zu recht, das dis Walbergericht rechtlich und wol gehegt, auch mit unverleümbden mennern, wie von alt herkommen ist, besatzt, wehr hieran recht nehmen undt geben wil, dem selben kann man wol hielfen, worueber mir zu hielfen habenn

der Richter dankt dem Urteyll.

der Richter befilgt dem Diener, Klag und Antwort zu fordern zum ersten mael, zum andern mael, zum dritten mael

Kompt uuderdessen ein Klager tridt mit erlaubnuß für das gericht undt bit den Richter umb ein man, der ihm sein wort rede, der Richter erlaubt ime ein man aus dem Zwölferstuell.

Derjenig, so das wort reden sal mues den richter bit umb erlaubnuß aufzustehen undt für zu treden, so es ihm erlaubt wirdt, so sagt er zum Richter:

Herr Richter hat ir dem man ... ein man erlaubt, der im sein wort rede?

der Richter: ja.

der Schöpf: erlaubt ir es dan mir?

der Richter: ja.

der Schöpf: so erlaubt mir von und zum gericht, undt soviel mir bedörffen zum rechten.

der Richter antwort: ja, es sei euch erlaubt.

uf dis geht der Schöpf mit seim man hinaus in das gesprech, hört seine Klag an, bringt sie darnach dem Richter füer.

Demnach bit der gegenteyl auch um erlaubniß fürzutreden, wie der erste, bit auch umb erlaubnuß ein man, der ihm sein wort rede, es wirdt ihm auch einer erlaubt. Der Beklagte geht auch in das Gesprech mit seinem Wortreder undt gibt dem Kleger auf sein Vorbringen antwort.

wan dan der Richter undt Schöpfen red und antwort genugsam angehört haben, ein partey ein Urteyll anzusetzen begert: darauf befielet der Richter den Schöpfen auf ein aydt, weil sie Klag und Antwort gegeneinander gehört, das sie darum ein Urtepl bringen sollen, was recht sey.

Hierauf bit ein Schöpf den Richter umb erlaubnus aufzustehen undt hinaus zu gehen, das es ihn seine aydtbrüder lernten. Das wird in erlaubt

Wenn sie wieder in das gericht gesessen, da fragt der Richter nach dem Urteyll. Ist nun ein Urteyl gemacht, so öffnet es einer unter den Zwölfen, an welchem das Urteyl steth, bringen es aber die Zwölf nur in einer Antwort, so wird es auch angezeigt. hierauff muessen die Parteyen dem Richter an stab angeloben, das die Schöpfen gemacht, darbei zu pleiben.

Wan das Gericht ein endt hat, alsdann läßt man des Dorfs gerechtigkeyt, gebot undt verbot den Nachbarn fürlesen, die haben die Schultheißen undt Zwölfen von wegen einer Gemeindt, alzeit zu bessern, undt zu geringern.

Zum ersten, wan einem die mäel oder ein gericht zu rechter Zeit geboten wirdt, und dieselbigen nit ersucht, der söll ein ort eines gulden zu straf gebenn,

Zum andern, wenn einer ein gericht bedarf, so seindt zwey freigericht, das Walbergericht, undt das Mertinsgericht. wen einer der gericht nit kan erwartten, der hat macht eins zu kauffen, und sol dafür vier pfundt in das gericht geben.

Zum dritten, wen ein Nachbur ein Noes in die Schuet verschweigt, der ist umb ein Nues verfallen ohn eins das best.

Zum vierten, wan einer ein Nues in den ochsenlohn verschweigt, derselbig sal halb soviel zu Straff geben, als wir von dem Ochsen zu Lohn geben.

Zum fünften, was für Vieh vor dem Petterstag aus dem Dorf kompt, das sol nit in die Walber Schuet kommen, oder darein verschuet werden.

Was für Vieh für dem Bartholmestag aus dem Dorf kompt, das sol nit in der Mertins Schuet verschott werden.

Was die Küße andrieft, davon solle der Ochsenlohn gegeben werdt von einem Petterstag zum andern.

Was für Vieh in dem Dorf bleibt, wer das Roß hat, der solle es auch verschüeden, und solle es auch verochsenlohn.

Das jungvieh solle die Walberschuet frey sein.

Die Schaaff anbelanget

damit ist auch ein Anzal gemacht worden, das einer soll zv schaaff und ein alten Stern macht zu halten habe. Der aber ein halb halling schaaf hat, der solle ein Lamb Stern haben.

Zu gedencken: mit dem viehe, so söll die Gemeindt macht haben, das zu geringern und zu beßern nachdem es die Hutweith tregt. Was aber die junge Lemmer andrieft, undt einer über die halling hat, der solle dieselbigenn macht zu halten hab bis zum Mertinstag nndt zum Mertenstag zu verkaufen. wen einer die Zeit überdrit, der soll in der gemein Straf sein. wen einer nach dem einschlann Schaf keüfft, bis für dem Walbertag, der sal ein gnacken von einem jedenn Schaf in die halling den Schaafsherren gebenn.

Das Herberen und die Oberkeitt belangent.

Wen einer oder eine Leüth hauset undt beherbert, welche nit nachbar seindt, Klag uud Schäden von denselben entsprungen, derselbige solle diejenigen ohne der gewendt schaeden auch versprech undt noch dazu der gemepndt und der Herrn Straf auch gewerlig sein ... mehr, wen ein nachbar die Herrn undt Oberkept in das Dorf bringt, ein Irtumb für sich allein hat, der sol die Herrn auch ohne der Gemeindt schaeden wieder hinaus bringen.

Das Gemeindt Holz betreffend

Wen einer in unserm gemeindt holz die heyt genandt, holz heübt, ohne erlaubnus der Schultheisen undt der Dorffsherrn, derselbige solle zu Straf geben halb soviel, als wir von unserm gemeyndt Holz der Hayt zu Zins gebenn.

Welchen Umfang von Gerichtsbarkeit dieses Dorfsgericht gehabt habe, läßt sich aus zweien fürstlichen Verordnungen darthuen, welche in einem alten Dorfgerichtsbuche aufgezeichnet sind: die erste ist an den Oberprobst des Klosters Wechterswinkel Johann Konrad Kottwitz von Aulenbach gerichtet, und des buchstäblichen Inhalts:

Julius von Gottes Gnaden . . . .
Lieber Andechtiger, wir seyen underthenig verstendig, wie sich zwischen unsern Underthanen Bastian

Eckharten zu Sondernaw unnd etlichen seiner Mitnachbarn daselbsten Stritt und Mißverstanndt in deme, das berurte Mitnachbarn ein Wasserfurth von ihren Aeckhern ab, und uff beruerts Eckarts Aeckher gewießen haben, erregt und zugetragen, welches ermelter Eckhart, alß deme solch zugewiesene Wasserfurth zum höchsten beschwerlich und nachtheilig, gebüerender massen unnd wie von alters hrrkommen, geklagt, und die Sachen am gemeinen Dorfgericht ausfüren wollen, so wurden aber seine Gegenteil, alß die ir Lehen von unserm Kloster Wechterwinckel tragen, von dem Underprobst abgehalten, unnd das dise Sach an des Closters Lehengericht gezogen werden wollte — weil dann solche und dergleichen gemeine Veltschaeden, so der Lehenschaft nichts abziehen, von Alters je und allwegen am gemein habenden Dorfgericht unverhindert erörtert und außgetragen worden, auch von rechts-wegen dahin gehörig ist .. als gesinnen und begeren wir gnediglich; ir wollet bey ermeltem Underprobst die Verfuegung thun lassen, das er von solchem seinem unweylichen Fürnehmen abstehen, unnd es im deme bey dem alten Herkommen unnd andern bewenden, unnd also die Sachen, da sy sonsten ausser Rechtens nicht beyzulegen, am gemeinen Dorfgericht erörttern unnd aystragen wolle: das ist an ime selbst billich, geschicht daran was Herkommen, unnd haben wir Euch ein solches nicht verhalten wollen, seindt Euch mit Gnaden geneigt. Datum in unser Statt Wirtzburg denn 7ten Februarij. Anno 1597.

Die zweite Verordnung wurde an den Amtmann zu Fladungen, Otto Wilhelm von Gebsattel erlassen:

Julius . . . .
Unsern Grues zuvor, Lieber Getrewer, wir haben

dein Schreiben, was der Unterprobst zu Wechterswinkhal einer Wasserfurth halber, so etliche Clösterliche Lehenleut von ihren Eckern ab- und auf unsers underthanen Bastian Echards Aecker gefürt, für Neuerungen understanden, verlesen hören, was wir nun darauf dem Oberprobst schreiben lassen, das hastu beyverwarth zuverlesen, mit Bevelch, im wenigsten nicht zu verstatten, das solche streittige Sachen am Closterischen Lehengericht, sondern wie herkommen am gemeinen Dorffgericht, wie auch andere dergleichen Sachen erörttert, unnd da die guete sonst nicht statt, ausgeübt werden möge, das verlassen wir Uns unnd seindt dir mit Gnaden geneigt. Datum inn unser Statt Wirzburg denn 7ten February Anno 97

        Dietrich Echter von Mespelbronn.
        Johann Burckhardt,
        Johann Michael.

(Beilage Nro V.)
Alt Herkommen, wie Weisbach an die Cent Fladungen gelanget.

Es ist vor Alters gewest, daß die von Weisbach gehört haben mit Gericht gein Grafenhahn, undt zu Grafenhahn hab ein Ritter der hieß Herr Wilhelm Markhard, des das Gericht war, also war der verderbt Vehde halben, daß er des Endes nimmer geschützen konnte, da batßen die von Weispach ihn zu gönnen, sich an ein ander Gericht zu willkühren umb Schützung willen, das vergönnt ihn der obgenannte Ritter mit dem Unterscheidt, daß sie nicht mehr thuen sollen, dann die vier Ruge, und sechs Malter Habern, und sechs Sommerhünner und anderthalb Geschock Eayer, undt er wolt seinen Centgrafen selbst behalten, undt sonst alle Gerechtigkeit, die er hatte in dem Hintergericht, also wollen die Voit Herrn zu Bischofsheimb nit aufnehmen, er wolt dann dem Centgrafen übergeben, das wollt der genannt Herr Wilhelm Markhard nit, er wolt sein Centgrafen selbst behalten im Hintergericht, also seind die von Weisgach kommen mit der Willigung Herr Wilhelms an die Voit Herrn und Cent Fladungen, die haben sie also aufgenommen mit der vier Rugen und mit dem Gift, und ließen ihme seinen Centgrafen im Hintergericht, der noch darinn und allezeit mit ist, der dann seinen besonderen Lohn darumb hat, denn das Hintergericht noch ausrichten, und haben das gethan umb Schützung willen, daß sie dann also thun sollen.

(Beilage Nro VI.)

Es ist zu wissen, daß auf heut dato dieser Zetteln, wie Grav Otto und Hanns von Ebersberg undt Hanns von Steinau sich miteinander vertragen und vereint haben, der Gebrechen halben das Centgericht zu Fladungen, undt die von Weisbach berührente, also daß die genannte von Weisbach hinführter mehr zu ewigen Zeiten mit diesen hernach geschriebenen Rugen gein Fladungen an daß gemeldt Centgericht gehörende, undt die daran thun und rügen sollen, mit Nahmen ein Mord, idem ein Dieb, item ein Nothzucht, item ein Nachtbrand, und dazu sollen sie rügen flissende Wundten, die mit Waffen gehauen, geschlagen, gestochen oder geworfen wordten, ohne Gevehrde; item Rein und Stein, die mit Gevehrde verrucket wordten. Item, was Ehr und Glimpf, anrühret, ob sich der von Weispach gemeindt das abnehmen wollte, das sollt au dem obbemeldten Centhgericht geschehen, und daruff soll aller Unwille, der sich der Ding begeben undt verlaufen hat, gar gericht und gesůnet sein: so sollen wir Graf Otto versuchen, dessen obgeschriebenen Vertrags Bewilligung von unserm gnädigen Herrn von Würtzburg ꝛc. ꝛc. zu schicken. diese Zetteln seind gezweifacht undt jeglich Parthei ein behalten datum auf dem Sonntage vor dem Jahrstag Anno 1471.